令和川柳選書

一発殴らせて

森田律子川柳句集

Reiwa SENRYU Selection
Morita Ritsuko Senryu collection

新葉館出版

令和川柳選書

一発殴らせて

■目次

令和川柳選書

一発殴らせて

Reiwa SENRYU Selection 250
Morita Ritsuko Senryu collection

第一章　ピンクの寝息

ビブラートを効かすご着席ください

証人喚問へ蛇の末娘

なぞなぞをシュークリームで解くあなた

捨てようとするとアハッと言うのです
リンスしましたねライオンのたてがみ
ゆるやかにくねって主語がないのです

寝室にモンキースパナ置いてある
頭脳線か水平線か分からない
ぬか喜びを包む唐草模様

歩いても歩いても有刺鉄線
おしゃか様が翳り残したとばり
後ろ姿だけは自慢やったのに

ボンレスハムに毎夜聞かせている理論

ナイキ製の靴と脚立から落ちる

伸び切った輪ゴムで狙う潜水艦

十月の画鋲が一個足りません

意識のゆがみへ鰯のみりん干し

ささやかれるととけてしまいます　アッ

ラッパ吹きたい人は現地集合

白足袋を脱いでピールマンスピン

孤高のハンターの長い金曜日

荒縄でしばったままの青い月

埋み火を見るとにやっと笑う風

こぼれ種ノスタルジーを洒落てみな

ボーッと生きてマーマレードが苦手
月夜の海に浮かべるランプシェード
のら猫へ光と影の話など

電柱に隠れて待っていますから
やっぱりなネギを背負って逃げてきた
夜景ならひとつ余っておりますが

抜け道にビールケースが置いてある
ウーパールーパーのしっぽかも知れぬ
きれいな月だ貧乏揺すりがなんだ

タタール人に半分桃缶を開ける

縁側に寝転び風を聴いている

密告をするなら口は尖らすな

ゆっくりと足を組み変え吐いた嘘
天井から注ぐ未完成交響曲
空っぽですから蹴ったら凹みます

恍惚の沼へ不時着してしまう

遊んでいけと洗面器渡される

鮎の骨抜くと日本海が荒れる

くつ下の穴からやっかいな神話
入るやろかゴミ袋一枚で
オオカミと俺を括弧でくるのか

つべこべ言うな雑巾が絞れんくらい
唇をずらしてキャラメルをくれる
お役御免がつまんでいるお臍

アリンコを整列させる世話係
龍神になるまで待ってあげるから
鬼灯を鳴らして肩で風切って

忘れてもええか図書館までの道
数学者が睨む半分のりんご
その椅子で昼寝するからどきたまえ

何に疲れて川底を覗くのか

理科室にクレオパトラのふくらはぎ

変なおじさんが軒下で寝ている

塩水で洗う深層心理学

雨の日は逢えると口を滑らせる

耳たぶの跡が残っているグラス

月の光でも変身できません
カフスボタンに弥勒菩薩の指の跡
足掻いても足掻いてもまだ洗面器

玄関に空手チョップが落ちている
後ずさりには別料金がいりますが
真人間ですが小指が反るのです

ピカピカに靴を磨いている刑事
フーンあんたやったんかこんにゃくゼリー
月天心バケツの水が揺れている

哲学の道のつくしは折れやすい
スイートコーンです歯間ブラシです
風紋のさらさら今を生きんとす

天窓を見たとキリンに伝えたい
飛べる筈だった駐輪場の鎖
捨てられたのだと海底で気づく

春やなあ原素記号を眺めてる
チカラ抜くこれがなかなかむつかしい
腰のあたりで手を振ってもう行くね

メキシコの鳩が遊んでいる火宅
ピンクの寝息が解体されていく
忘れた方が幸せビビンバのおこげ

息をして下さいそれは枕です

お湯につけても膨らんできませんね

警官立ち寄り所に並ぶくるぶし

Reiwa SENRYU Selection 250
Morita Ritsuko Senryu collection

第二章 仰向けの亀

ザリガニのポーズで確かめる夜明け

ベビーカステラの匂いのする鳥居

たとえばをラインダンスの右足で

満月のキツネは耳たぶが甘い

固結びつまらん事をしてくれた

背もたれを倒すと沼に出てしまう

裏切りは優雅に虫ピンで止める

星読みをするのにちょうどいい便座

肩先にしれっとカメムシの夫婦

骨折させました調子に乗せました

ネズミ穴覗けば帯封の山

相続人は私ひとりと違うのか

板ずりのきゅうりが車線変えまして
ふわりふわりふわりふわりあっ奈落
かろうじてムーンウォークになっている

クモの巣の出来あがるのをじっと待つ

尼僧がくれた牛乳石鹸の泡

頭からどうぞ節穴からどうぞ

惚れましたエンマのような立ち姿

ああ見えて定位置なんだちぎれ雲

プカプカと箱階段は河口まで

名義から雨の匂いがしませんか
ぬるぬるを譲ってザラザラを貰う
終わりにするから一発殴らせて

べっぴんも口止め料はもらいます

足裏で撫でるなよしよしはいらん

喧嘩には明石の蛸を連れて行く

唇の濡れてるわけをごぞんじか

八月のきれいきゅうりが曲がってる

鳥のねぐらへ捨てる亀の子タワシ

ジャガイモを洗う中間管理職

首になる時はいっしょだ竹トンボ

注意力散漫へ鹿ヶ谷南瓜

ガス燈の下でしゃがんでいる男

座布団のへこみへ放つ捨て台詞

扁平足の熊か巻き爪の虎か

雲ばかり追ってるトンボでしたけど
靴下は自分ではいてほしかった
仏蘭西式庭園に西瓜のプール

腕組みを解けばアオザイの歩幅
垂線引いて戦闘態勢に入る
ピーマンの蒂には負ける気がしない

呼び捨てにすると変色しますから

紫の上がすべり台で待っている

猫でいるのも虎でいるのもやっかいだ

先斗町を歩くロドリゲスの歩幅
いつの飴なんやニコニコくれたけど
屋根裏でばったり北の政所

ペルシャ絨緞に乗っているテヘッ
黙ってて欲しいとアメ玉をくれる
稲妻は髪を掻きあげフンと言い

ツワブキの黄色すくっと風致地区

解凍したら背泳ぎを始めたぞ

月光を浴びる山積みのマネキン

両耳をパタパタさせて立ち上がる

外階段の朝は重心が低い

狂わない時計へスリッパを投げる

泣いている男を置いてきてしまう

濡れ縁でサンショウウオになっている

衝立の覚悟へカラメルが苦い

キューピーのおしりの方が南です

言い訳はむにゃむにゃむにゃに決めている

蟹みそを啜ると悔しさが消える

後の月もう手袋が落ちている

割り箸を見たらあんたを思い出す

編集会議へ松ぼっくりが届く

ギュッとして欲しいとＡＩが泣いた
キリギリスに譲る手のひらのくぼみ
また冷奴かと言ったばっかりに

鍾乳石の先が好きだと言いなさい
土踏まずだけが感じる空がある
シーラカンスのがまんかつむじ風か

満開が好きやとつまらない男
街灯は暗いし靴は大きいし
スコップはいらん引っ張ったら抜ける

ふかふかのソファーに腰かけてしまう

砂糖が溶けるまで平家物語

もうだめと思った時のスワヒリ語

仰向けの亀と不思議に連帯感

奥座敷出てからここまでの湿気

恋人のアンクレットは鯨の歯

時々濡れる洋上の抱き枕

ロッカーの死角にモナリザの小鼻

努力はしません黄昏の階段

Reiwa SENRYU Selection 250
Morita Ritsuko Senryu collection

第三章 文語体の寝言

道連れはキリン動物ビスケット

舟歌を歌うと握力をなくす

裸木が歩くざわりざわりざわり

スカラベが巣食うミイラの心臓
ねっとりとアボカドらしく熟れてみな
煩悩を捨てた人からお二階へ

エッフェル塔に伝言板はありますか

泣き止んだ方が得かと泣きながら

またやっかいな水平線にマッチ棒

無花果がはじけて一行抹消

尼寺へ行ってしまったではないか

横書きの果し状など怖くない

自分ではホクロ数えたことがない
今度間違えたらスポンジにするぞ
食前酒のようで大陸のようで

腹巻きを置いてくるから待っていて
口説き文句のようで歯ぎしりのようで
カーテンの後ろに正確な時計

地雷踏みましたねよそ見しましたね

痛いのかほったらかしにしたくせに

カリントの捩れにおわす薬師さま

頬杖をついているからばれている
肋骨に戻りたいのと言われても
結界の向こうで鬼が泣いている

怒るのはやめた鎖骨が美しい

つついてもつついても沈まない箱

明るいうちに探しておいた裏通り

困っています唇の捨て場所に
卵黄二個へ教育的指導
先頭が転けた二番手が躓いた

黒豹の檻から離れない女

本当を書くから電気つけないで

言い訳がぬくたい波うったガラス

梅干し漬けました畳替えました

ワクワクするんだ誓いを破るって

お嬢さん袖口濡れておりますよ

直角に曲がってみせる青トカゲ

支笏湖に沈める満月の歪み

幻想ポロネーズを弾く調律師

こっそりと返して欲しい香袋

悪女ではないとうなじを見せている

夕焼けにほほえみ返す堰き止め湖

羽衣を振ってお昼ごはんだよー
避けるのか跨ぐのかトドが寝ている
手古摺っているのとカモメはうれしそう

哲学しておいでと鍬を渡される

手繰り寄せても手繰り寄せてもカボチャ

黒猫を泣かす雄鶏の加齢

九時五分二度目の猫がやってくる

十二単からはみだしている怒号

横隔膜を震わす旅行代理店

北京原人はスキップできたのか
バーボンはバラが漢字で書けてから
ごまだんご齧りこの坂こたえるわ

金なんかいらんと言ってしまったわ

油断してました背高泡立草

あなたより少しきれいに写してね

キョロキョロとテントの中へ流れ星
見つめたら河馬は膝から崩れ落ち
そのイチゴくれたら好きでいてあげる

ゴムのスカートで悟りは開けるか
チキンラーメンの匂うなじなんか
タヌキ寝とふて寝ですべて片が付く

猫科ですから信号は待ちません
消しゴムが落ちているので入れない
ねこふんじゃった的責任のとり方

年齢を問われてポケットを探す

月満ちるまではビキニのおねえさん

トルソーの背中に水色の付箋

お前歌えるか七つの子の二番
ぐっすり眠れるガレージの隅っこ
そうかそうかホットココアでも飲むか

盃に漂う月を見て以来

大人やけど女やけど水遊び

ほほえみは誤作動ですとおっしゃるか

貰わなければよかったダチョウの卵

もう遅い今さら口を押えても

山門をくぐるモンステラの気根

右ずれ断層から計量カップ

文庫本の上のココアシガレット

マシュマロを食べる不眠症の刑事

静寂を破る文語体の寝言
三日月でこじあけようとしたらしい
竜骨突起におたあさまの歯形

あとがき

庭の真ん中に植えた覚えのないネムの木が育っている。マメ科の落葉高木。樹高が六メートルから十メートルになると図鑑に書いてある。そんなに高くなったら大変なので今のうちに切ってしまおうと思った。

ハサミを持って木に近づくと二センチくらいの青虫があちらの枝にもこちらの枝にもいる。ウーン、一所懸命葉を食べてるし木を切ってしまうのはかわいそう。青虫が大きくなって成虫になるまで木を切るのは待つことにした。そして青虫を見守る事になった。

朝起きると庭に出て青虫におはよう。ネムの木の葉は互生して羽状複葉で二十から三十センチになる。七から十二対の羽片が対生し、各羽片の小葉はタイ米に似て、長さ十ミリほどで羽軸の両側にぎっしりと並ぶ。夜には葉を閉じ就眠する。日に日に小葉はなくなり、青虫は大きくなっていく。

ある日青虫は羽軸の下へUの字状にぶら下がって動かなくなった。あくる日、きれいな黄緑色、三角形の蛹になっていた。数日すると蛹が少しふくらんでかすかに黄色いところと黒いところができている。又、数日後の朝、蛹の抜け殻に黄色い蝶がぶら下がっていた。羽化したようだ。じっとしていたが昼頃になってやっとひらひら舞って隣のサツキの枝に止まりまた動かない。そして、知らないうちにいなくなっていた。しばらくすると黄色の羽がひらひらする。よくよく見るとお向かいの花の蜜を吸っている。お向かいの庭は花がいっぱい。近くに花畑があって良かった。結局家のネムの木から五匹（頭ではないかわいさ）が羽化して飛び立っていた。

それから一週間、ネムの木の周りを黄蝶がもつれ合って飛んでいる。お里帰りだろうか。数日すると又、青虫がいる。今度は三匹羽化して飛び立った。こんな事が三回繰り返された。

ネムの木は当分切れそうにない。

怒るのはやめた鎖骨が美しい

庭のネムの木で黄蝶が羽化するようになってから畑の脇や山道のウォーキングの途中で黄蝶がひらひら飛んでいるのを見かけると家の黄蝶かも知れないと勝手に楽しんでいる。私のそばをひらひらすると挨拶にきていると。

黄蝶を調べてみると幼虫はネムの木を好み、年数回発生。成虫で越冬するとある。冬の間庭のどこかでじっと眠っているのかもしれない。

ガス燈の下でしゃがんでいる男

二〇二二年九月吉日

森田律子

●著者略歴
森 田 律 子（もりた・りつこ）
京都市生まれ。
2004年　テレビ投句、新聞投句。
2005年　本格的に川柳を始める。

令和川柳選書
一発殴らせて
○
2022年11月30日　初　版
著　者
森 田 律 子
発行人
松 岡 恭 子
発行所
新 葉 館 出 版
大阪市東成区玉津1丁目9-16 4F　〒537-0023
TEL06-4259-3777㈹　FAX06-4259-3888
https://shinyokan.jp/
○
定価はカバーに表示してあります。

ISBN978-4-8237-1173-2